KB132854

우리는 별들 사이로 스쳐가네

곰곰나루시인선 007

우리는 별들 사이로 스쳐가네

김은집 시집

곰곰나루

시인의 말

내 마음의 호수에
물고기 하나 살았나 보다.
삶 속에서
불쑥불쑥 고개를 내밀고
시비를 걸더니

급기야 허락도 없이
건넛방에
살림을 차렸나 보다.

이젠 어설프게

과거의 시간으로
현재의 시간으로
미래의 시간으로 날아 다닌다
날개도 없이.

시가 벗이 되어
함께 걷는 시간이 좋아졌다.

2022년 봄
김은집

우리는 별들 사이로 스쳐가네

차례

시인의 말   5

제1부
버리자, 남기고 싶은 마음 13
창틀에 낀 마음 14
그림자 반달 15
손짓하는 노을 16
행성이 스쳐가듯 18
양팔저울이 되어 20
구부러진 직선 22
괘종시계 24
숨쉬는 기찻길 26
그렇게 살았습니다 28
그대 소리 30
그대와 그때 32
그리움 34

제2부

그림자 37

여백으로 살다 38

나무도 사랑한다 40

샛별에게 41

작은 섬 그리고 파도 42

찢어진 잎새 찾아 43

남자의 마음 44

삶은 그런가 보다 46

따스한 고드름 48

마음속 세상 50

마지막 포옹 52

동그란 마음 54

낙수 55

제3부

빨간장미 59

튤립 60

연꽃 61

말하는 거울 62

문득 생각이 나서 64

바람이 남긴 자국 66

초승달 67

보이지 않는 그대 68

빈 의자 70

비 72

이슬 같은 73

소리나지 않는 소리 74

물개도 그리움을 안다 76

제4부

어느 시선 79

어떻게 태어났더라도 80

민트꽃 82

엄마 냄새 84

맨발의 갈매기 86

시월의 기도 87

이유 90

이상한 시소 91

난 울지 않으렵니다 92

보름달 94

슬픔 95

인연 96

쥐와 고양이 98

제5부

침묵 101

팔 없는 팜츄리 102

하얀 운동화 104

조약돌 105

하늘도 외롭다 106

그날이 오기 전에 107

기차 110

그믐달에 돛을 달고 111

화폭에 길을 내다 112

하늘에서 온 편지 114

바람이 되어 115

베드로와 눈빛 116

조기구이의 기억 118

해설 | 그리움의 힘으로 번져가는 사랑과 초월의 미학 • 유성호 120

제1부

버리자, 남기고 싶은 마음

이별을 슬퍼하지 마라
모든 만남은 이별의 시작이니

죽음도 슬퍼하지 마라
생과 죽음 또한
같은 출발선상에 있으니

주어진 시간
주름진 삶 속에서도
별은 빛나리니

그대의 생애 안에서
그대의 사랑 안에서
무엇을 남기려 하지 마라

남기고 싶은 마음까지도 내려놓은 것이
더없이 행복한 삶이거늘

창틀에 낀 마음

지난 시간은
셈할 수 있지만
남은 시간은 셈할 수 없다

생과 죽음 사이
까마득했는데
어느덧 한 몸 낄 틈조차 없구나

석류알처럼 많던 시간의 향기
빈 껍질만 남아
눈빛 심장으로 붉은 노을 그린다

화룡정점을 위한 마음도
이제는 태워 재로 만들어야지

그림자 반달

긴 소나무 사이로
살짝 고개 내민 달
어둠이 스며들어 반쪽이 되었네

등지지 말자고
그토록 다짐했건만
몸을 가르는 아픔에 비명도 없다

허우적거리는 팔 놀림
다른 한쪽 찾아
우주를 떠다니다 돌아온
빈손

팔을 뻗으니 잡히는 너
얼굴에 검은 물감 바르고
날 빛나게 하려고 숨어 있었구나

손짓하는 노을

노을이 추억을 안고
파도 위에서 춤을 춘다

지나가는 바람이
그 마음 훔쳐갈까 봐
바닷물에 씻겨진 모래 위에
무슨 인연 그리는가

해가 가쁘게 마지막 숨을 쉬며
붉게 품어낸 회상에
가슴 데일까 봐
바다이불 덮어준다

침묵이 태워지고
사색이 태워지고
사랑이 태워지면
내 안은 석류 껍데기

〉
마지막 꿈 하나 부여잡고
지는 마음 그려보려나
끼루룩끼루룩
기러기떼 울음소리 해를 삼키는데

행성이 스쳐가듯

밤하늘에
샛별 하나 떠 있네요
당신이 산다기에
한걸음에 달려왔지요

과거에 살고 있는 난
현재라는 말
오늘이라는 말
한번도 들어본 적 없어요

흘러가면 잊혀질까 봐
과거의 강가에서
어제의 벤치에 앉아 있지요

지난 시간 매듭을 자르고
새날을 열 수 있도록

새벽이 오기 전

오늘을 말해 주고
내일을 말해 주세요

우린 다시 만날 수 없는
찰나의 시간을
별들 사이로 스쳐가고 있잖아요

양팔저울이 되어

양손에 시간과 공간을 잡고 산다

어깨추의 양쪽에 있을 때는
평행을 이루며 살지만
선택의 시간이 오면 저울질을 한다

그때마다 공간을 선택하고 그 안에
눈에 보이는 것들을 쌓아가며
자신만의 만족에 빠진다

수억년 된 화석들과
수천년 된 문명의 유물들이
그 시간의 그 공간 속에 뒹굴고 있다

시간이 끝날 즈음에야
진정 중요한 것은 공간이 아니라
시간 안에 쌓아두어야 하는 것을 알게 된다

〉
세상 속에 있는 자는 공간을 채우고
하늘에 속한 자는 시간을 채운다

구부러진 직선

어둠 속에
한 남자가 걸어간다

반듯이 걷다가
옆으로 돌아가기도 하고
다시 외줄을 타는 듯
곧바로 걸어간다

아주 먼 옛날에도
한 세대쯤 지난 미래에도
이 길이 바른 길인지 알 수 없다는 듯

꿈틀거리는 선을 따라
생각을 떨구며 걸어간다

유선을 그리며 비껴가지 않고
고집스레 바로 걷는 건
높은 돌담 뛰어넘을

미래가 퇴색했기 때문인가

의자다리가 부러져 주저앉았다
일어난다 다시 일어나
휘어진 생각 속의 직선을 걸어간다

괘종시계

둥그런 운동장에
뛰는 사람
걷는 사람
지팡이 짚고 가는 사람

평생 같은 하루
언제나 아침이 오는 줄 알고
앞만 보고 걷다가
해질 무렵에야
비틀거리며 남은 시간 아낀다

무엇을 보았기에
어디를 향해 가는지

하나뿐인 순례자에게
묻지도 않고
제 혼자인 양 엉덩이 파인 길
너도 가고 나도 간다

〉
초침이 찰칵찰칵
분침이 뚜벅뚜벅
시침이 뒤뚱뒤뚱

어느 순간 배터리가 다 닳아
뚝 끊기는 줄도 모르고

숨쉬는 기찻길

너무도 사랑하는데
가까이 오지 않고
두 팔을 벌려야만 닿는 거리에 있다
너무도 미워하는데
멀리 가지 않고
두 팔을 벌려야만 닿는 거리에 있다

새벽 찬바람을 가르는
기적의 검이 울리고
구부린 등 위로
쏜살같이 지나간 자리마다
흔적도 없는 아픔이 묻어 있다

적당한 거리

눈물겹게 사랑하지도
처절히 미워하지도 못한

합해질 수 없는 우리 둘이
저 멀리 지평선 가로지르는
한 점이 된 곳을 향해 걸어간다

그렇게 살았습니다

비가 옵니다

마음엔 작은 강이 생기고
강 줄기 따라 추억이 흐릅니다

사랑이 꿈틀대고
분노가 솟아오르고
망각이 뒤섞여 흘러갑니다

강물은 아래로 흐르는데
마음은 자꾸만 위로 올라갑니다

다시 갈 수 없는 시간들

내 힘으로 막을 수 없는
마지막 노을이 밀려오는데
아무 것도 남길 것 없어
일기장에 점 하나 찍었습니다

〉
난 그렇게 살았습니다

가까스로 살아있는 작은 숨소리마저
흠뻑 젖어 파르르 떨면서

그대 소리

구름꽃
떨어지는 소리 들린다
그대
새근새근 숨쉬는 소리

촛불
춤추는 소리 들린다
그대
속옷 벗는 소리

별들
반짝이는 소리 들린다
그대
거울 앞 화장하는 소리

하얀 글씨
엽서 한장 부친다
그대

은빛 눈으로 나비 좇는 소리

아 소리나지 않는
그대
내게 스며들고 스며드는

그대와 그때

바닷가 언덕 위 하얀집
흔들의자에 앉아

너를 생각하며
지난 시간 끌어당긴다

너는 이미 떠났고
시간의 나뭇가지엔
세월이 단풍져 펄럭이고 있구나

미련은 기다림인가
지나온 길 서성이네

이미 잊은 너에겐
바람에 뒹구는 낙엽일 뿐
기다리는 나에겐
고목에 돋아나는 새순이겠지

〉
그대가 그리운 건지
그때가 그리운 건지

바람 따라 흔들리는 구름으로
너의 모습 그려본다

그리움

빗속을 헤매이는 건
보고픈 이의 소식
그리운 이의 속삭임 때문이다

눈앞이 안 보여 뺨을 더듬던
엄마의 숨결
어릴적 친구의 젖은 편지 때문이다

빗속에 숨겨진
그리운 벗의 발자국 소리

물방울 두 개 하나 되어
얼어붙은 마음 녹인다

빗소리와 빗소리 사이
둥지를 틀고
비틀거리는 빗방울 하나
가슴에 파고든다

제2부

그림자

그는 항상 내 옆에 있다

내가 여유로이 걸을 때
그는 나의 흥겨운 말동무다

내가 급히 뛰어갈 때도
그는 숨을 헐떡이며 따라온다

내게 좋은 일이 생기면
함께 기뻐해 주고
내게 힘든 일이 생기면
함께 울어준다

언젠가 내가 절벽에서 떨어져
반죽음이 되었을 때
나무 그늘에 눕히고 사라졌다

오늘 그가 몹시도 그립다

여백으로 살다

산다는 건
지난 시간을 잊어가며
어깨의 짐을 덜어가는 것이다

잃어버린 것 찾지 않고
여백으로 남겨 두었다가
그리움으로 채우는 것이다

한 세상 같이 했던
살아 숨쉬는 흔적들까지
삶은
곁을 떠나는 모든 것을
바람에 날려 보내는 것이다

강물이 바다로 가는 건
그가 모든 것을 내려놓고
낮은 곳에서 포용하기 때문이다

〉
삶은
정해진 시간 속에 흔적 없이
자기를 비우며 흘러가는 것이다

나무도 사랑한다

당신이
산 너머에 산다는 걸
작은 새가 알려줬어요

하지만 난 갈 수가 없네요

당신이
바람 되어 오신다면
물결같이 머리를 기르고
기다릴게요

오시는 길 노란 개나리꽃 있거든
꿈길 가랑에 꽂아주세요

오늘도 밤하늘 바라보며
달빛 그림자로 찾아오실
당신을 기다립니다

샛별에게

찾아갔다

그저께
너무 보고 싶어
밤 하늘로 그대를

전화를 했다

어제
너무 목소리가 듣고 싶어
별빛 사이로 그대에게

그리고 오늘
그물을 쳤다

너무도 그리워서
별이 된 그대를 잡으려고

작은 섬 그리고 파도

파도로 목걸이를 한 작은 섬
달빛이 숨을 죽이면
적막함이 자리를 잡는다

소근대는 파도소리 어둠에 실려
밤새 귓전을 간지럽힌다

한낮 뙤약볕에 그을린 몸
매만져 주며
아침 해무가 걷힐 때까지
무슨 말을 하는 걸까

사랑하는 이가
없을 때 찾아오는 외로움보다
사랑하는 이가
있을 때 밀려오는 외로움이
훨씬 더 큰 것
그대가 걸어준 목걸이를 만지작거린다

찢어진 잎새 찾아

달빛이 울어도
겨울바다는 외롭지 않아
나처럼 외로운 사람
만날 수 있기 때문이지

하늘이 울부짖어도
비오는 날은 외롭지 않아
나처럼 우산 쓰지 않은 사람
만날 수 있기 때문이지

사랑은 불현듯 찾아오고
우정은 긴 시간을 통해 싹이 튼다잖아

어쩔 수 없이 선택을 해야 한다면
난 사랑의 길을 가려고 해

그건 내게 주어진 시간이
나뭇잎 떨어지 듯 순간이기 때문이지

남자의 마음

냉장고 문도 자주 열지 않는 나

오늘 설거지는
내 몫이란다

수세미 갖다 대고
이리 미끌 저리 미끌
아차
마지막 물로 한번 더 헹구는 걸
깜박했구나

찬장 문 열어보니
눈이 휘둥그레
숟가락 젓가락 어디 놓고
접시 밥그릇 어디 놓을꼬

이제 됐다 싶어
으쓱하고 앉았는데

〉
싱크대에 온통 물 튀기고
쓰레기통 안 치웠다고
조잘대는 참새소리

설설 기는 수세미 소리

삶은 그런가 보다

시간과 시간 사이
기억이 묻혔다
기뻤던 순간 슬펐던 일까지

서서히 작아지는
머릿속 주머니
조금 더 지나면
지금 일도 생각나지 않겠지

삶은 그런가 보다
잊어가며
잊혀가며

글에는 쉼표가 있고
말에는 침묵이 어울리지

급히 가려고 애쓰지 말자
이제 긴 여정의 징검다리

하나 남은 디딤돌뿐이니

따스한 고드름

그날
비가 왔습니다

우산 대신 두꺼운 외투를 입고
비를 맞으며 걸었습니다

낙엽이 떨어지듯
비가 내려 쌓였습니다

눈밑에
파르르 떨며 흐르는 눈물이
머리를 아래로 잡아 당깁니다

빗물이 파고들어
등 위에 슬픈 붓자국을 냅니다

흐르는 빗방울이
그대의 눈물이라면

땅바닥에 부딪쳐
분수처럼 흩어지는 눈물은
나의 것인가 봅니다

삶의 길 구비구비 얼어붙은 고드름
녹아내리는 날 기다립니다

마음속 세상

그런 줄 알았습니다

엄마 뱃속에서 눈을 감고 있을 땐
그곳이
세상의 전부인 줄 알았습니다

스스로 숨을 쉬며 엄마 품에 안겼을 땐
넓은 가슴이
세상의 전부인 줄 알았습니다

팔다리에 조금씩 힘이 생기고
엄마 주위를 안간힘을 다해 기어다닐 땐
이보다 더 큰 세상은 없는 줄 알았습니다

그런데
세상은 점점 더 커져 갔습니다
학교만큼 커져서 친구들이 생기고
사회만큼 커져서 지인들이 생겼습니다

〉
그것만이 아니었습니다
열정과 야망에 비례해서
세상은 주체할 수 없을 만큼 커 나갔습니다

끝없는 수평선을 보고
지구가 둥글다는 것도 알게 되었고
수많은 밤하늘의 별들을 보고
우주가 있다는 것도 알게 되었습니다

그런데 이제, 세상은
한평 남짓한 작은 것임을 알게 되었습니다
커질 대로 커져
터질 것 같은 이 마음을
조용히 접어 감긴 눈 안에 넣어봅니다

마지막 포옹

낙엽에게 물었다
네 안에 있던 물기는 다 어디 갔느냐고

촉촉함 뽐내다가
이슬 한 방울 남지 않은 너

바람을 밟고 지나온 길
두루마리처럼 둘둘 말려진다

비에 젖은 몸
땅바닥에 찰싹 달라붙어
안간힘 다해
묻혀 있는 흔적에 매달린다

낙엽이 되어 쌓인
시간의 조각들을 밟고 걸으며
이젠, 빗자루에 쓸려지지 않으려는
마지막 몸부림에
더이상 찢겨지지 말고

〉
강물의 마지막 끝자락에서
한점 맴돌지도 않고
흔쾌히 바다에 안기련다

동그란 마음

그가 마음을 건넨다
잡아보니 동그라미다

젊음이 솟아날 때는
세모진 마음이 되고
중년을 지나면서
네모난 마음이 된다

다섯모 난 별처럼
빛나는 삶을 이루기 위해
나는 걷고 뛰고 달린다

이리 부딪쳐 무뎌지고
저리 부딪쳐 다듬어져

내 손엔 결국
처음 시냇가에서 만난
부드럽고 매끈한 조약돌
하나만 잡혀 있다

낙수

처마 밑에
그네 타며 매달렸다가
바람에 날리며
떨어지는 여인이여

온몸을 댓돌 위에
부딪쳐
상처투성이 멍든 몸
누굴 위해 던지나

한 방울 한 방울
차디찬 맥박 심장이 패이고

님 기다리며
온몸으로 둥근 방 만드는 여인이여

제3부

빨간장미

오래전 소년 때는
하얀장미를 좋아했지

한창때 장년엔
노란장미를 좋아했고

그런데 요즘은
빨간장미가 좋아

옅은 분홍색도 부끄러워하던
내가 지금 제 정신이 아니지

오늘 봄비와 입맞추고 있는
그대 붉은 입술을 어찌할꼬

튤립

핑크빛 봉오리
입술을 살짝 내민 것 같기도 하고

오므린 봉오리
마음문 굳게 닫은 것 같기도 하고

아!
그리움의 꽃잎에
사랑이 물드는구나

연꽃

어제 보니
호숫가에 연꽃이 하나 피었습니다

오늘 보니
호숫가에 연꽃이 또 하나 피었습니다

내일이면
호숫가에 연꽃이 다시 하나 피었습니다

내 마음에는
그대가 한가득 피었습니다

몸은 연약하여 물 위에서 흔들리지만
마음은 서로 뿌리가 되어
예쁜 꽃을 피울 수 있겠지요

말하는 거울

거울 앞에 서면
또 다른 내가
미소로 반겨주며
소리없이 말한다

헝클어진 머리 다듬고
부시시한 얼굴 닦으라고

나를 넘어
다른 사람에게 가는 문턱에서
쉴새없이 참견하며
오늘이라는 시간 속으로
또 다른 하루를 밀어 넣는다

어제의 흔적을 지우고
새롭게 덧칠하는 건
그만이 할 수 있는 신비로움

〉
내 마음을 다듬어 주는 거울이 있다면

새로운 하루, 다가오는 내일들에는
찡그린 주름이 아니라
환하게 웃는 주름을 만들고 싶다

문득 생각이 나서

빈 벤치에 쉬었다 갑니다

아무렇지 않게
바라보세요

흔들리는 마음 안 그런 척
꼭 쥐고 있을게요

난 괜찮아요

저만치 떨어져 있어서
숨소리 들리지 않아도
내 안엔 아직도
미세한 숨이 살아있으니까요

그냥 지나치세요
조그만 쉬었다 갈게요

〉
당신이 모른 척해야
눈물이 멈출 것 같으니까요

젖은 눈망울에 비춰진
지금은 아련한 안개꽃 당신

조그만 쉬었다 갈게요

바람이 남긴 자국

내 마음엔 문이 없나 보다
잠가두어도
그대가 제멋대로 들락거리는 것을 보니

언제부터인가
살짝 열어놓고
그대를 기다리는데
이젠 뒷모습조차 볼 수가 없다

황혼이 화장을 지우던 시간
문틈 사이로 들어온 그대

가늘게 숨쉬는
뭉클한 곡선으로 가슴을 찌른다

심장에 그어진 한줌의 자국

초승달

보름달 눈으로
널
바라보아도
다 볼 수 없는데

넌
가녀린 실눈으로
감춰진
내 속살까지 보는구나

보이지 않는 그대

그대 마음은
단단히 동여진
꽃봉오리 같습니다

숨겨진 꽃실 사이
그리움의 날개깃으로 틈을 내어
그 마음을 터트리고 싶습니다

그대를 그리워하는 마음이
어디서 왔는지
한쪽 날개 찢기고도
도무지 알 수가 없습니다

사랑은 천천히 왔다
잠시 머물고
이별은 갑자기 왔다
오랫동안 머문다 해도

〉
멈추지 않는 숨소리 내며
꽃 피기 전
안으면 찔리는데도
또 다시 두 팔을 펼쳐봅니다

빈 의자

내 마음에 바람 부는
이런 날에는
그대를 만나는 날이면 좋겠다

비 온 후
잎새에 물방울 굴러가는
이런 날에는
그대를 만나는 날이면 좋겠다

마음 속에 또 다른 마음 얹고
울컥이는 말
오직 그대만 듣는
이런 날에는
그대를 만나는 날이면 좋겠다

그대는
눈망울이 쉬어가는
그리움의 샘

〉
어디를 가도 그대는 없고
어디를 가도 그대가 있는
이런 날에는
그대를 만나는 날이면 좋겠다

비

커피 향기 같은
그대의 목소리가 좋습니다

큰소리로 나무랄 수 있는데
그대는 늘
조용한 몸짓으로 말합니다

웃는 날보다
우는 날 더 많이 찾아와
얼굴을 쓰다듬고
마음을 어루만지는 그대

나는 오선지가 되고
그대는 젖은 입술로 악보를 그립니다

이슬 같은

너를 생각하며
운 적이 있다

너를 생각하며
잠 못 이루고

너를 생각하며
괴로워한 적이 있다

아침이슬같이 맑아서
만질 수도 없는

너를 생각하면
두 눈을 감게 된다

햇살에 사라지는 이슬
내 속에 스며드는 너

소리나지 않는 소리

촛불이 흔들리고 있다

촛불이 흔들리는 건
속옷 입은 여인이
춤을 추며 지난 얼룩을
털어내는 것이고
묵은 연민의 껍질을
벗겨내는 몸부림이다

사랑의 담벼락엔 언제나
있어야 할 사람은 없고
없어야 할 사람이 서성대기에
결국 하얀 낙서만 남는다

밤이 해를 삼킨 후
안으로 잠긴 문 빗장
흔들리는 소리

〉
잔에 담아 마셔도
비어지지 않는 소리
그리움의 소리

물개도 그리움을 안다

언제나 옆에 있는 너
난 한쪽 눈으로만 바라보았지

두 손을 비비며
긴 목으로 너의 목을 감싸주면
수줍음이 추위를 몰아내었지

어느 세차게 비오는 날
입술이 파래져 떨고 있는 나를
네가 목을 감싸주지 않았을 때
난 사랑이 바다 속에 잠긴 줄 알았어

한 눈으로 곁에 앉은 널 다 볼 수 없고
팔이 없어 품에 안을 수도 없지만

오늘은
등대 밑에 둥지를 트고
네 목덜미에 앉은
바다 바람 털어주고 싶어

제4부

어느 시선

양말을 짝짝이로 신었다
한쪽은 까맣고 한쪽은 하얀

지나가는 강아지가 보고
피식 웃었다

아무도 모른다
내 한쪽 눈이
잘 안 보인다는 걸

더 더욱 모른다
내 마음 한쪽이
타들어가는 것을

어떻게 태어났더라도

하늘에 펼쳐진
파란 양탄자 위에
한가로이 맴도는 구름

회오리바람에
둘둘 말려
빗방울 되어 쏟아진다

심술궂은 바람에 휘감겨
방향도 없이 휘날리다

우물에 떨어지면 우물물 되고
시냇가에 떨어지면 시냇물 되고
호숫가에 떨어지면 호숫물 된다

그대 맨땅에 떨어져
흙탕물 되어
귤껍질 같은 삶 산다고

서러워 말라

우리 모두
세월의 지팡이 짚고
휘청거리며 바다로 가기에

민트꽃

난 몸집이 작아
스스로 마음은 크다고 생각하지

난 사무실 계단 밑에 살아
아침마다 일찍 깨어
그녀가 오기를 기다리지

이젠 발자국 소리만 들어도 알 것 같아
오늘 기분이 어떤지
뚜벅뚜벅 천천히 걸으면
뭔가 오늘 힘든 일이 있다는 걸 거야
총총 걸음으로 사뿐히 걸으면
진짜 좋은 일이 있다는 거겠지

그런데 오늘은 정말 이상해
그녀가 빨간 구두를 신고
발목에 예쁜 스카프까지 매었어
무슨 좋은 일이 있나 했는데

나중에 알았지
나를 기쁘게 해주고 싶었데

밤새 시들어서
죽을까 걱정한 게지
눈길에 정겨움이 흐르니
지난밤 주름진 시름 한숨에 날려주네

엄마 냄새

가녀렸던 손이
퉁퉁 붓고 쭈글거려도

밥은 먹었니
어디 아픈 데는 없니
어떤 상황에서도
언제나 묻는 단 두 마디

그 마음으로 만든 된장국
냄새, 엄마 냄새

멈춰선 시간
코끝에 찡하고
겹겹이 쌓인 세월의 책장 안에
오직 바래지 않는 것

잊혀지지 않는 그 냄새 따라
오늘도 헤매이다

〉
온몸 다해
나를 키우시던 요람으로
내 마음을 띄운다

맨발의 갈매기

밤은
별빛 사이로 숨을 쉬고
꿈틀대는 숨결을 이어
그리움 쏟아낸다

밀어내고 밀어내도
돌아오는 파도
헝클어진 머리결로
자화상 그린다

어둠 속 갈매기 하나
파도 속으로 들어간다
다친 다리 절뚝거리며

가녀린 맨발
슬며시 만져본 내 발엔
양말이 만져졌다

시월의 기도

시월의 파란 하늘에
당신의 사랑을 그려봅니다

새벽에 핀 이슬꽃에
따스한 햇볕으로 찾아와
글썽이는 눈물 닦아주시는
자애로운 그 사랑을 생각해 봅니다

밀어내도 밀어내도
파도같이 다가오는 아픔들을
한아름에 거두어 주시는
긍휼하신 그 사랑을 생각해 봅니다

모든 것이 헛되고 헛되어
세상 것으로는 채울 수 없기에
완전하신 당신의 사랑이
내게 임하기를 기도합니다

〉

오! 긍휼하신 주여!
나로 하여금 당신의 사람이 되게 하옵소서

세상의 어떤 영화를 누린 자보다
들에 핀 한송이 백합을 더 귀히 여기신
당신의 순결하심과 고귀한 향기가
내 안에 잔잔히 흐르게 하옵소서

얼룩진 삶을 씻어 달라고
자신을 위해 눈물로 기도하였다면
이제는 살아있는 모든 이들을 위해
진정으로 기도하게 하옵소서

고난은 축복으로 가는 길이며
세상은 고통과 사랑이 함께 하는 것임을 알아
영원히 목마르지 않는 생수로
날마다 목을 축이며 세상을 이기게 하옵소서

〉
말씀으로 천지를 창조하시고
십자가의 보혈로 우리 죄를 사하시고
부활의 소망을 갖고 살게 하신
그 크신 당신의 사랑에 감격하게 하옵소서

세월은 흐르고 흘러
시간의 강물을 타고 떠내려가다가
언젠가는 당신 앞에 서게 되겠지요

노을이 노을을 삼키며
마지막 숨을 거두는 그때
나, 한치도 망설임 없이
은혜의 바다, 넓은 당신의 품에
평안히, 평안히 안기게 하옵소서

이유

벌이 꽃을 찾는 건
예뻐서만은 아닐 거야
아마 꽃잎에 맺힌
선한 이슬 때문이겠지

바다 한가운데
섬이 옮겨져 있는 것도
아마 세파에 멍든 물고기
쉬게 하려는 선한 마음 때문이겠지

이유 속에서 또 다른 이유를 찾는 그대여

세상의 헛된 생각을 그만하시게
살아있는 것 멈추어 있는 것조차
선한 이유를 갖지 않고는 살 수가 없다네

이상한 시소

오랜만에 찾아간
고향 서천

초등학교 운동장
먼지 쌓인 덩그러한 시소

내 안에 있는 나와
나란히 앉았다

어린 너는 올라가고
어른 나는 내려가고

이젠, 어깨를 털고
평행을 이루고 싶다

난 울지 않으렵니다

그대
마지막 가시는 길에
뒤돌아보지 않으셔도

푸른 잔디에 누워
파란 하늘에 그린 마음
다 잊으셨다 해도

파도 소리 모래 소리
노을에 발목을 맡기고 거닐며

소낙비 쏟아질 때
우산 쓰고 앉았던 벤치가
생각나지 않는다 해도

난 울지 않으렵니다

지나가는 솜털구름

한줌 잡아보려던 손길

잊혀져서 스쳐 지나실 때
모른 척하셔도
패인 가슴 그리움 박혀 꿈틀대도

난 울지 않으렵니다

보름달

널 보며
둥근 꿈을 꾸고
널 보며
비워가는 마음을 갖는다

삼베옷을 입은
만삭의 몸
매달 별 하나씩 낳더니

아직도 할 말이 많은지
또 차올랐구나

유유히 떠도는 별빛 사연
아직 채우지 못한 나도
밤하늘의 별이 될 수 있으려나

슬픔

어느새
네가 따라왔다가
같이 걷다 내 앞을 지나간다

너를 이겨내기 위해
늘 앞서 달렸다

같이 걸으면 아프고
저만치 떼어놓아야
내 것이 아닌 것 같았기에

저물 무렵
슬픔의 비를 맞고도
더 이상 아무렇지 않은
이상한 내가 뒤따라간다

인연

부슬부슬 비오는 날
전깃줄에 참새 두 마리
깃털이 흠뻑 젖어
부르르 떨고 있다

움추린 어깨에 흐르는 슬픈 선율

하루가 한평생이 되는 시간
서로 한마디 말도 없이
우린 앞만 보고
눈 한번 맞추지 않았지

저 새처럼
삶의 외줄 위에서 힘들었을 그대
왜 가지 않고 내 곁에 있는 걸까

비에 젖어 뒹구는
내 마음 이러하니

움추린 그대 심정도 알 것 같다

쥐와 고양이

조금 크다고
거만하게 다리를 꼬고
안락의자에 앉아 있다

눈도 맞추지 않고 태연한 척
그 마음을 내가 모를 것 같으냐

너를 피해 살살 기어
어두운 부엌을 뒤질 때

순간 발톱이 허공을 가르고
상처난 가여운 얼굴
줄행랑을 친다

밤의 왕 되어 으스대던 너
겁많은 녀석 끝까지 좇다가
덜컥
쥐구멍에 엉덩이가 끼었구나

제5부

.

침묵

그때는
너무 할 말이 많아서
아무 말도 하지 못했습니다

지금은
너무 할 말이 없어서
아무 말도 하지 못합니다

먼 훗날엔
너무 할 말이 많아도
또 아무 말도 못할 것 같습니다

그대에게
하고 싶은 말들
쌓이고 쌓여
침묵의 강 흘러만 갑니다

팔 없는 팜츄리

어둠이 지치면
새벽이 흔들어 잠을 깨우고
나뭇가지 사이로 아침이 온다

동녘 하늘엔
하루를 여는 붉은 기운이 솟아오르고

우리는 언제나
뻣뻣한 고개를 돌려
눈빛으로 아침인사를 나눈다

낡은 책 오래되어
서로 붙은 두 페이지
오늘도 하나 되어 하루를 넘긴다

목이 길어 키가 큰 내 곁에서
바람에 꺾인 어깨
살포시 기대오는 뭉클한 벗

〉
단 한번 널 안아줄 팔이 없구나

그래도 우리가 함께 있는 것은
보이지 않는 땅 밑에서
맨살 뿌리로
네가 날 안아주기 때문이리라

하얀 운동화

우린 등지고
박스에 담겨 오랫동안
캄캄한 창고에 누워 있었다

세일즈맨이 부르는 소리에
허둥지둥 달려나가
처음 만난 발목에
넥타이를 맨다

길을 걸으며
서로 앞서지도
뒤쳐지지도 않고
사이좋게 평행으로 걸어간다

한번쯤
색동 운동화 신고 싶지만
너와 함께라면 하얀 운동화 신고
그냥 하얀 길 가련다

조약돌

주름진 마음 펴준다기에
하얀 조약돌 하나
호주머니에 넣고 다닙니다

상처난 마음 감싸준다기에
하얀 조약돌 하나
호주머니에 넣고 다닙니다

그대 마음 돌이켜준다기에
하얀 조약돌 하나
가슴주머니에 넣고 다닙니다

시냇물 속 보석 같은 그대
하얀 조약돌 하나
온종일 만지작거립니다

하늘도 외롭다

그리움은 소리없이
저물어가는 바다를 안고
찾아오네

보고픔은 말없이
감긴 눈 위 붓자국 내며
다가오네

너무 높아서 외로운 이여!

모두가 잠 들어가는 이 밤
밤하늘 기웃거리는
소리 들리네

오직 하나 그대 찾아
별숲 헤매는 발자국 소리
귀 세워 듣는 이 있으려나

그날이 오기 전에

어젯밤 빗 속에서
번쩍이는 당신의 칼날을 보았습니다
죄와 욕망의 껍데기를 벗겨내려는 듯
그 빛은 너무 도 엄중하였습니다

매일 이어지던
평온한 하루하루의 삶이
당신의 축복 아래
기적같이 이루어졌음을 깨닫지 못하고
너무나 당연하다고 생각하며 살았던 게
부끄러웠습니다

2020년 봄에 시작된 격리생활은
아직도 살아있다는 게
실감나지 않게 만들었습니다

갑작스러운 당신의 단죄에
일상은 곤두박질치고

보고픈 사람 그리운 사람들을
만날 수 없게 되었습니다

하지만 하루하루 보내면서
당신의 뜻을
감히 헤아려봅니다

축구경기의 하프타임처럼
인생의 남은 시간을
올바르게 사용하도록
준비할 기회를 주신 거라고

그러기에 매일 묵상하며
내 삶의 얼룩을
씻고 씻어 깨끗하게 세탁하고
빳빳하게 다름질합니다

갑자기 찾아올 마지막 날을 생각하며

오늘도 마음 속 죄를 회개하며
겸허히 기도합니다

기차

인생이란 기차를 타고 긴 여행을 하는 것이다

첫째 칸에서 태어나 부모 형제를 만나 기쁨을 얻고

둘째 칸에서 친구들을 만나 우정을 쌓고

셋째 칸에서 배우자를 만나 행복한 가정을 이루고

넷째 칸에서 사회생활을 하며 성취와 좌절을 맛보고

다섯째 칸에서 홀로 남아 외로이 젖은 노을을 바라
보고

마지막 정거장에 가까워져 기차가 멈출 때쯤에야
무엇이 소중하고 무엇이 헛된 것임을 깨닫는 긴 여정
이다

그믐달에 돛을 달고

하늘 바다에
조각배 띄우네

부끄러운 것 다 내려놓고
선한 마음 하나
붙들고 가네

저 멀리 작은 별
등대 되어
이리 오라 손짓하네

천만년 그대 찾아
이토록 헤매이는데
망망대해 은하에서
살짝 보고 아시려나

화폭에 길을 내다

하늘 한 구석에
내가 지나온 길이 있습니다

당신 품에 안겨서
작은 눈으로 보이는 하늘은
눈보다 더 하얀 화폭이었습니다

인생길 떠나는 내게 당신은
돌부리 조심하라고
덧신 하나 건네 주었지요

꿈에 취한 나는
당신이 준 덧신을 벗어 던지고
내 멋대로 길을 만들었습니다

돌아보니
나의 길은 온통 휘어졌고

먼길 지나 제 자리로 돌아왔습니다

갈래 길마다 표지판이 있는데
어이하여 눈을 감고 헤매었는지

이제 저 하늘에
물결 같은 곧은 길을 내고 싶습니다

하늘에서 온 편지

한밤중 잠에서 깨어
당신의 편지를 읽어봅니다

지나온 길 가고 있는 길
마음이 머물렀던
길목의 사이사이
부끄러운 흔적들이 쌓여 있습니다

돌아봅니다
지난 시간 어떻게 살아왔는지

들여다봅니다
지금 어떻게 살고 있는지

내다봅니다
앞으로 어떻게 살다가 이별해야 할지

바람이 되어

누군가 몹시 그리울 때
눈을 감고 그리움을 달래며
난 바람이 된다

아무리 멀어도
그대가 창문을 닫아 놓아도
나는 투명한 몸을 하고
창문을 두드린다

잡히지 않는 저 언덕 위 구름집에
새콤한 아침향기 풀어놓고

따뜻한 햇살로
눈물을 빗어주고 슬픔을 만져주며
굽은 지난 시간 펴주리

얼마나 사무치는 그리움이기에
바람이 되어 그대를 찾아 헤매이는가

베드로와 눈빛

당신은 베드로에게 물으셨지요
네가 나를 사랑하느냐고

당신은 다시 물으셨지요
네가 나를 사랑하느냐고

사랑한다는 두 번의 대답에도
당신이 또 물으셨을 때
어쩔 줄 몰라하며 말했지요
사랑합니다
당신이 아시지 않으십니까

당신을 모른다고
세번이나 부인했던 베드로를
순전한 사랑으로 그윽히 바라보시던
그 눈빛

나도 부끄러운 베드로 되어

자애로운 그 눈빛에 녹아
어제도 오늘도 내일도
당신을 사랑한다고 고백합니다

조기구이의 기억

앗 뜨거워!

바싹 구워져 쟁반 위에 눕혀 있다
몸엔 감각이 없고 실눈 틈새로
파리 같은 사람들이 날아다니는 게 보인다

비바람에 쓰러져 뒹굴 때
어떤 친구는 유유히 떠나고
어떤 친구는 뒤돌아보며 떠나고
어떤 친구는 젓가락으로
내 몸을 뒤집고 있었다

찢겨진 조기구이

미세한 의식에 눈물 맺히고
안간힘을 써 몸을 일으켰다가
털썩 주저앉았을 때
외투를 벗어 덮어주는 이가 있었다

〉
잊을 수 없는 천사
그 눈물겹던 고마움이
시릴 때마다 나를 덮어주고 있다

그리움의 힘으로 번져가는 사랑과 초월의 미학
- 김은집의 시세계

유성호
(문학평론가, 한양대 교수)

1. 심미적 기원과 마음의 수심(水深)

김은집의 시는 곡진하고 절절하게 떠오르는 지난 시간에 대한 짙은 그리움과 함께 태어나서 대상을 향한 따뜻한 사랑의 마음을 가득 채워간 미학적 결실이다. 이번 첫 시집에서 시인은 긴 여운의 언어를 독자들 뇌리로 스며들게 하면서 스스로의 한없는 그리움을 압축적으로 들려준다. 우리는 이러한 시인의 각별한 경험과 기억을 통해 삶을 반추해보기도 하고 시인의 가없는 마음을 만져보기도 한다. 말할 것도 없이 이러한 과정은 시인 자신의 존재론적 기원(origin)을 끝없이 환기하는 데 기여하게 되고, 시인은 자신의 가장 원형적인 상(像)으로 역류하면서 그것을 향한 그리움으로 서정의 경개(景槪)를 하염없이 그려가게 된다. 그 경개를 따라 우리의 몸과 마음도 충분히 흔들리면서 새로운 감동과 위안을 얻는다. 또한 우리는 김은집 시인이 그리움으로 호명해가는 심미적 기원을 온전하게 만나면서 그가 들여다보는 마음의 수심(水深)까지 고요하게 다다르는 경험을 하게 된다. 이제 그 기원과 마음의 안쪽으로 한 걸음씩 천천히 들어가 보도록 하자.

2. 존재론적 기원의 탐구

김은집 시인의 실존적 국면을 감싸고 있는 조건은 존재론적 기원에서 가장 먼저 찾아진다. 기원을 향한 그의 그리움은 운명적 시간을 포착하여 그것을 오래고도 유일한 기억으로 바꾸어내는 순간을 낱낱이 보여준다. 이는 현실적 시간을 넘어 자신이 고유하게 경험한 아득하고 먼 시간으로 귀환하려는 의지를 뚜렷하게 반영한 것이기도 하다. 따로 떨어져 있던 시간과 시간 사이에 일종의 유추적 연관성이 놓이게 되는 것도 이러한 그리움의 힘 덕분일 것이다. 우리는 김은집 시인의 그리움을 따라 존재의 아름다움을 회복해가면서 멀리 있던 '고향'과 '어머니'가 그 아득한 거리에서 천천히 다가오고 있음을 발견하게 된다. 이러한 기원을 포착하고 노래하는 시인의 품과 격이 넓고도 높게 다가오고 있다.

오랜만에 찾아간
고향 서천

초등학교 운동장
먼지 쌓인 덩그러한 시소

내 안에 있는 나와
나란히 앉았다

어린 너는 올라가고
어른 나는 내려가고

이젠, 어깨를 털고
평행을 이루고 싶다

—「이상한 시소」 전문

　시인은 오랜만에 "고향 서천"을 찾아간다. 원래 '고향'
이란 전적으로 공간적 개념이지만 서정시 안에서는 종종
돌아갈 수 없는 유년 시절을 환기하는 시간 개념으로 바
뀌기도 한다. 시인은 "초등학교 운동장/먼지 쌓인 덩그러
한 시소"에서 "내 안에 있는 나"를 만남으로써 그러한 고
향의 시간성을 순간적으로 탈환한다. 그렇게 "어린 너"는
올라가고 "어른 나"는 내려가는 동작을 반복하면서 먼 거
리에 있던 "어린 나"와 "어른 나"를 새삼 화해시킨다. "이
젠, 어깨를 털고/평행을" 이룸으로써 "이상한 시소"의 균
형을 잡아보려는 것이다. 대상을 향해 "그대가 그리운 건
지/그때가 그리운 건지"(「그대와 그때」)라고 했던 시인은

여기서도 '시소'라는 상관물을 통해 "어린 나"가 누렸건 '그때'에 대한 그리움을 노래한 것이다. 그의 성장 과정을 이끌었던 시간이 서정시의 가장 아름다운 장면으로 부조(浮彫)되어 나타난 순간이 아닐 수 없다. 다음은 어떠한가.

가녀렸던 손이
퉁퉁 붓고 쭈글거려도

밥은 먹었니
어디 아픈 데는 없니
어떤 상황에서도
언제나 묻는 단 두 마디

그 마음으로 만든 된장국
냄새, 엄마 냄새

멈춰선 시간
코끝에 찡하고
겹겹이 쌓인 세월의 책장 안에
오직 바래지 않는 것

잊혀지지 않는 그 냄새 따라
오늘도 헤매이다

온몸 다해

나를 키우시던 요람으로

내 마음을 띄운다

　　　　　　　　　　　　　　　─「엄마 냄새」 전문

　이번에는 '어머니'에 대한 그리움이다. 시인은 "겹겹
이 쌓인 세월의 책장 안"에서 퇴색하지 않는 어머니의 정
성을 소환하고 있다. 그 정성으로 지어진 된장국에서 "엄
마 냄새"를 잊지 않는 시인은 "잊혀지지 않는 그 냄새"를
통해 "온몸 다해/나를 키우시던 요람으로" 자신의 마음을
띄워본다. 시소가 놓인 고향의 초등학교처럼 '엄마 냄새'
도 그렇게 천천히 시인의 오랜 시간을 역주행하여 이곳으
로 다가온다. 이 또한 "아침이슬같이 맑아서/만질 수도 없
는"(「이슬 같은」) 어떤 기운이 "세상은/한 평 남짓한 작은
것임을 알게"(「마음 속 세상」) 해주는 순간일 것이다.
　이처럼 김은집 시인은 자신의 존재론적 기원인 고향과
어머니에 대한 그리움의 힘으로 서정시의 미학을 순연하
게 구축해간다. 이때 그는 관념으로 달려가지 않고 사물
의 질서와 내면의 경험을 유추적으로 결합하면서 그리움
을 형상화한다. 독자는 그가 그려내는 순간들 사이에 끼
인 비유의 그림자를 통해 시인이 세계내적 존재로서 발화
해가는 그리움의 밀도를 아름답게 만나게 된다. 존재론적
기원에 대한 관심과 사랑이 그러한 그리움의 등가적 형식
일 것이다. 애잔하고 외따롭고 아름답다.

3. '마음'이라는 내면의 형상화

두루 알다시피, 서정시는 시간에 대한 남다른 경험을 통해 기억을 재구성하는 양식이다. 그만큼 서정시는 기억과 그리움을 근원적으로 다루게 되고 우리는 서정시가 수행하는 기억과 그리움의 원리를 따라 삶의 근원에 대한 상상적 경험을 치르게 된다. 김은집의 시는 기억과 그리움을 주조(主潮)로 하는 언어를 통해 우리로 하여금 가장 근원적인 삶의 이치를 밀도 있게 경험하게끔 해주는 미학적 실재이다. 시인이 그려 보여주는 기억의 지도를 따라 우리는 강렬한 기억과 그리움을 경험할 수 있을 것이다. 물론 이러한 표지(標識)가 퇴행적 정서로 이어지는 것은 아니다. 오히려 그의 이러한 '마음'은 내면 탐구의 세계로 가닿는다는 점에서, 그리고 새로운 존재를 태어나게끔 하는 에너지를 견지하고 있다는 점에서, 가장 생성적인 움직임을 내포한 수원(水源) 역할을 하게 된다고 할 수 있다.

주름진 마음 펴준다기에
하얀 조약돌 하나
호주머니에 넣고 다닙니다

상처 난 마음 감싸준다기에
하얀 조약돌 하나
호주머니에 넣고 다닙니다

그대 마음 돌이켜준다기에
하얀 조약돌 하나
가슴주머니에 넣고 다닙니다

시냇물 속 보석 같은 그대
하얀 조약돌 하나
온종일 만지작거립니다

　　　　　　　　　　　　　—「조약돌」전문

　시인이 애지중지 호주머니에 지니고 다니는 하얀 '조약
돌' 하나는 그의 마음을 온전하게 펴주고 감싸주는 치유
와 위안의 소도구라고 할 수 있다. 그것은 더러 "그대 마
음"까지 돌이켜 준다는 믿음을 선사하기도 하고, 더러 가
슴주머니에 담긴 채 온종일 시인을 든든하게 지켜주기도
한다. 그렇게 시인이 만지작거리는 조약돌은 "시냇물 속
보석 같은 그대"로 몸을 바꾸면서 시인의 마음을 따뜻한
그리움으로 감싸준다. 또한 그것은 "마음이 머물렀던/길
목의 사이사이"(「하늘에서 온 편지」)에 존재하면서 "달빛
그림자로 찾아오실/당신"(「나무도 사랑한다」)을 미리 보
여주기도 하는데, 그렇게 시인의 마음은 가장 둥글고 아
름답게 번져가서 타자의 마음에까지 가닿는 잔광(殘光)
을 가득 뿌린다. 그렇게 그들의 "마음은 서로 뿌리가 되
어"(「연꽃」) 서로를 강하게 결속해간다.

그가 마음을 건넨다
잡아보니 동그라미다

젊음이 솟아날 때는
세모진 마음이 되고
중년을 지나면서
네모난 마음이 된다

다섯모 난 별처럼
빛나는 삶을 이루기 위해
나는 걷고 뛰고 달린다

이리 부딪쳐 무뎌지고
저리 부딪쳐 다듬어져

내 손엔 결국
처음 시냇가에서 만난
부드럽고 매끈한 조약돌
하나만 잡혀 있다

— 「동그란 마음」 전문

시인은 '그'의 마음이 건네져올 때 그것이 '동그라미'
같은 "동그란 마음"임을 알아차린다. 물론 그 마음은 젊을
때의 "세모진 마음"과 중년 시절의 "네모난 마음"이 결국

에 "다섯모 난 별처럼" 걷고 뛰고 달리며 "빛나는 삶"을 열망해온 세월을 함축한다. 그 결과 부딪치고 무뎌지고 다듬어져 "처음 시냇가에서 만난/부드럽고 매끈한 조약돌"처럼 동그란 마음이 잡힌 것이다. 그렇게 '동그란 마음'을 환기하는 조약돌은, 앞에서 본 "시냇물 속 보석 같은" 조약돌처럼, 김은집 시인의 대안적 사유를 응집한 핵심적 이미지로 다시 한번 등장한다. 시인은 "유선을 그리며 빗겨가지 않고/고집스레 바로 걷는"(「구부러진 직선」) 세월을 훌쩍 뛰어넘어 둥그런 마음을 가지게 된 시간의 흐름을 고백하면서, 그러한 혼신을 다한 세월의 탁마(琢磨) 흔적을 "시간 안에 쌓아두어야 하는 것을"(「양팔저울이 되어」) 알아가게 된 것이다. 온갖 난경(難境)을 경험하고 넘어선 성숙의 표정과 기운이 그 안에 깊이 스며 있다.

이처럼 김은집 시인은 마음을 바라보고 탐구하고 노래함으로써 "남기고 싶은 마음까지도 내려놓은 것이/더없이 행복한 삶"(「버리자, 남기고 싶은 마음」)임을 알아간다. 주지하듯 서정시의 본령은 궁극적으로 마음의 탐구로 기울어가게 마련이다. 이때의 탐구가 곧 타자의 마음을 향한 것임은 말할 것도 없다. 다시 말해 타자의 마음을 따뜻하게 관통하면서 자신의 마음과 그것을 맞닥뜨리게 하는 방법, 곧 한 편의 서정시 안에서 스스로 타자가 되어 타자를 표현하는 방법을 김은집을 포기하지 않는다. 그만큼 그의 시는 타자의 시선을 통한 자신으로의 회귀성을 견고하게 구축하면서 타자의 마음을 세밀하게 관찰하고 표현해간다. 그럼으로써 특유의 낮은 목소리로 그러한 삶의 이치에 주목하게 되고 나아가 그것을 다양한 타자의 시선으로 형상화해가는 것이다.

4. 그리움에서 발원하는 사랑의 미학

원래 '그리움'이란 기억이라는 행위에서 파생되는 정서이다. 기억은 주체가 가지는 회상적이고 창의적인 조절 기능의 일환을 말하는데, 우리는 기억을 거치지 않고는 주체를 경험적으로 회복할 수 없기 때문이다. 따라서 그것은 나날의 일상을 규율하고 관장하는 합리적 운동이 아니라, 고고학자의 시선처럼 현재 속에 남아 있는 과거의 잔상을 재현해내고 그때의 한순간을 정서적으로 구성해내는 힘의 형식을 뜻한다. 그래서 시인의 기억은 동일성의 감각에 의해 발원되는 서정시의 핵심적 구성 원리가 되는 것이다. 김은집의 시는 시종일관 그리움이라는 정서적 바탕에서 발원하여 오로지 그것으로 귀결해가는 사랑의 미학에 바쳐져 있다. 그 그리움은 대상을 향한 지극한 사랑의 동심원을 그리면서 천천히 번져가고 있는 것이다.

누군가 몹시 그리울 때
눈을 감고 그리움을 달래며
난 바람이 된다

아무리 멀어도
그대가 창문을 닫아 놓아도
나는 투명한 몸을 하고
창문을 두드린다

잡히지 않는 저 언덕 위 구름집에
새콤한 아침향기 풀어놓고

따뜻한 햇살로
눈물을 빗어주고 슬픔을 만져주며
굽은 지난 시간 펴주리

얼마나 사무치는 그리움이기에
바람이 되어 그대를 찾아 헤매이는가

                              —「바람이 되어」 전문

   시인은 누군가를 향한 그리움이 극점에 이를 때 눈을 감고 스스로 '바람'이 된다. 그 변신 과정이 그리움을 달래는 유일한 방법이 되어준다. 시인의 그리움은 그렇게 투명한 바람이 되어 비록 거리가 멀거나 창문 같은 차폐물이 가로막는다 해도 그것을 넘어서고 만다. 따뜻한 햇살로 눈물도 빗어주고 슬픔도 만져주고 굽은 시간도 펴면서 바람은 "사무치는 그리움"을 완성해간다. 이러한 강렬한 그리움은 필연적으로 "그대는/눈망울이 쉬어가는/그리움의 샘"(「빈 의자」)임을 고백하게 만들며, 그 그리움의 대상이야말로 "심장에 그어진 한 줌의 자국"(「바람이 남긴 자국」)임을 깨달아가는 과정으로 이어져간다. 비록 "사랑은 천천히 왔다/잠시 머물고/이별은 갑자기 왔다/오랫동안 머문다 해도"(「보이지 않는 그대」) 그 흔적은 진한 그리움으로 남아 이렇게 간절한 소망의 에너지로 스스로를 가득 채우지 않는가.

빗속을 헤매이는 건
보고픈 이의 소식
그리운 이의 속삭임 때문이다

눈앞이 안 보여 뺨을 더듬던
엄마의 숨결
어릴 적 친구의 젖은 편지 때문이다

빗속에 숨겨진
그리운 벗의 발자국 소리

물방울 두 개 하나 되어
얼어붙은 마음 녹인다

빗소리와 빗소리 사이
둥지를 틀고
비틀거리는 빗방울 하나
가슴에 파고든다

이번에는 제목이 아예 '그리움'이다. 비를 맞으며 헤매는 마음에는 "보고픈 이의 소식"이나 "그리운 이의 속삭임"이 젖어 있다. 아득한 세월을 넘어 옛날로 돌아가 "뺨을 더듬던/엄마의 숨결"이나 "친구의 젖은 편지"를 떠올리는 것도 그러한 속삭임 때문이다. "빗속에 숨겨진/그리운 벗의 발자국 소리"야말로 시인을 살아가게 하는 근원적 힘이며 빗소리와 빗소리 사이에 둥지를 틀며 가슴으로 파고드는 "빗방울 하나"는 가장 영롱하고 아름다운 그리움의 이미지로 등장한다. "번쩍이는 당신의 칼날"(「그날이 오기 전에」)이 때로는 빛을 발하고 때로는 아픔을 주기도 하지만, 시인은 "그대/은빛 눈으로 나비 좇는 소리"(「그대 소리」)를 들으며 "이젠 발자국 소리만 들어도 알 것"(「민트꽃」) 같은 소중한 기억을 새삼 끌어오고 있는 것이다. 모두 그리움에서 발원하는 사랑의 힘이 하는 일들이다.

우리의 삶은 순간적 일탈이나 욕망에 의해 무너지기에는 너무도 견고하고도 지속적인 리듬을 가지고 있다. 그 기저(基底)에는 일관된 그리움의 기운이 매우 선연한 흔적으로 자리잡고 있다. 이러한 속성을 견지하면서 세계와의 불화와 화해 사이에서 수많은 삶의 표정들을 드러내고 있는 김은집은 단연 서정시의 원초적 몫을 보여주는 시인이다. 그리고 이러한 정서는 사랑의 행위와 존재의 안팎을 이루어가면서 차분하고 관조적인 성찰적 성격이나 타자들을 향한 연민의 성격에까지 나아가게 한다. 우리는 그러한 그리움을 두고 인간 존재를 향한 시인의 가없는 마음의 반영으로 읽게 된다. 따라서 그것은 인간의 보편적 존재 조건으로 우리에게 다가오고, 인간과 인간 사이에 개재하는 모든 친화적 정서나 행위를 총체적으로 표상하게 된다. 과연 김은집은 '그리움의 시인'이다.

5. 침묵과 여백을 취하는 순간성의 미학

모든 사물은 소멸 직전에 존재의 순수한 외관을 드러낸다. 그 점에서 사물의 존재감은 영원하지 않고 한시적일 수밖에 없다. 영원한 것은 하나도 없고 모든 것은 사라져간다. 아니 오히려 모든 사물은 사라짐으로써 자신의 운명으로 부여받은 시간을 충실히 살아낼 수 있다. 김은집 시인은 이러한 존재자들의 속성을 충실하게 그려냄으로써 삶의 가장 깊고 근원적인 지경(地境)을 암시하는 작법을 취한다. 가령 그의 경험과 기억 속에 늘 긴장과 균형으로 존재하는 사물들은 소란스럽게 갈등하기보다는 온화한 화음으로 침묵과 여백의 세계를 구성하고 있다. 끝없이 사라져가는 것들을 향하면서도 시인은 사물들 안에서 함께 침묵하고 여백을 택하는 자신의 모습을 보여줌으로써 한시적인 삶을 견디고 넘어선다. 그리고 그의 시선은 천천히 이 폐허의 시대를 향하여 높고 깊은 성찰의 시선으로 나아가게 된다. 침묵과 여백을 취하는 순간성의 미학은 이처럼 김은집 시의 또 다른 기둥이 되어주고 있다.

> 그때는
> 너무 할 말이 많아서
> 아무 말도 하지 못했습니다
>
> 지금은
> 너무 할 말이 없어서
> 아무 말도 하지 못합니다
>
> 먼 훗날엔
> 너무 할 말이 많아도
> 또 아무 말도 못할 것 같습니다
>
> 그대에게
> 하고 싶은 말들
> 쌓이고 쌓여
> 침묵의 강 흘러만 갑니다
>
> ―「침묵」 전문

한때 시인은 할 말이 많아 아무 말도 하지 못했던 시절이 있었다. 그러나 지금은 오히려 할 말이 없어 침묵을 택하는 순간을 맞고 있다. 아마도 먼훗날에는 너무 할 말이 많아져 침묵을 택할 것이고 그 침묵은 "그대에게/하고 싶은 말"을 오래도록 쌓고 쌓은 역설의 표상일 것이라고 시인은 노래한다. 그때 흘러가는 "침묵의 강"이야말로 존재의 무게와 깊이를 다해 부르는 진정한 '말'일 것이다. 그렇게 김은집 시인은 "소리나지 않는/그대/내게 스며들고 스며드는"(「그대 소리」) 순간에 진정한 '말'의 위엄과 아름다움을 발견한다. "하늘에/물결 같은 곧은 길을 내고"(「화폭에 길을 내다」) 바라보는 순간이 그러한 침묵에 가장 극점의 언어를 부여하는 예술적 의장(意匠)일 것이다. 그리고 소리를 가득 채운 소리 없음으로서의 '침묵'은 자연스럽게 '여백'이라는 역설의 충만을 택하는 쪽으로 흘러가게 된다.

산다는 건
지난 시간을 잊어가며
어깨의 짐을 덜어가는 것이다

잃어버린 것 찾지 않고
여백으로 남겨 두었다가
그리움으로 채우는 것이다

한 세상 같이 했던
살아 숨쉬는 흔적들까지
삶은
곁을 떠나는 모든 것을
바람에 날려 보내는 것이다

강물이 바다로 가는 건
그가 모든 것을 내려놓고
낮은 곳에서 포용하기 때문이다

삶은
정해진 시간 속에 흔적 없이
자기를 비우며 흘러가는 것이다

— 「여백으로 살다」 전문

'침묵'과 등가를 이루는 '여백(餘白)'은 '시인 김은집'의 궁극적 이상이 착색된 표상이다. 시인은 자신의 삶이 지난 시간을 잊고 짐을 덜어가는 쪽으로 나아가고, 궁극적으로는 잃어버린 것들을 여백으로 남기고 그 안에 그리움을 채워가길 희원한다. 살아 숨쉬는 흔적까지 여백으로 돌리면서 "곁을 떠나는 모든 것을/바람에 날려 보내는" 아름다움을 통해 모든 걸 내려놓고 낮은 곳에서 포용하기를 소망한다. 이때 우리는 그의 삶이 "흔적 없이/자기를 비우며 흘러가는" 여백으로 옮겨가는 순간을 바라보게 된다. 김은집 시인이 "다른 한쪽 찾아/우주를 떠다니다 돌아온/빈손"(「그림자 반달」)을 고백하고 "쌓인/시간의 조각들을 밟고 걸으며"(「마지막 포옹」) 찾아가는 그 순간이 바로 이러한 인생관을 그에게 허락했을 것이다.

이처럼 시인은 사물의 모습을 생생하게 그대로 환기하

면서 그 순간이 지닌 느낌을 구체적으로 나타내는 데 역량을 발휘한다. 감각적 구체성과 함께 사물의 연관을 짧은 형식 안에 포괄해가는 잠재적 효과를 최대한 수행하고 있다. 이때 그의 언어는 모든 것을 내려놓고 비워가는 낮고 겸허한 자세를 불러오게 된다. 개별적이고 구체적인 사상(事象)을 표현하면서도 가장 보편적인 삶의 태도와 시선을 집중적으로 노래해가는 것이다. 인생의 궁극에서 침묵과 여백을 취하는 이러한 순간성의 미학이야말로 김은집 시인의 사유와 감각을 밀도 있게 집약한 결과가 아닐까 한다.

6. 영혼을 충일하게 완성해가는 신성 지향의 언어

마지막으로 우리는 김은집의 시 곳곳에 녹아들어 있는 신앙적 사유를 아름답게 만나게 된다. 단정하고, 거짓이 없고, 정결하고, 초월적인 힘을 내장한 그의 기도와 다짐은 자신을 견고하게 추스르고 다잡아 삶의 완성을 향해 매진해가는 유장한 정신으로 이어져간다. 이러한 단정함과 정결함과 열정이 그의 시를 일관되게 감싸고 있는 근원적 에너지라고 할 수 있을 것이다. 또한 김은집 시인은 그 특유의 신앙적 성찰을 통해 자신의 존재론적 기원을 탐구하는 형이상학적 지향을 보여주면서, 초월적 신성(神聖)을 지향하는 구도적 시선을 풍요로운 언어로 보여준다. 근원적이고 궁극적인 기원을 추구하는 언어를 통해 물질적인 세계를 뛰어넘어 영혼을 충일하게 완성해가는 지향을 지속적으로 들려주는 것이다. 다음 작품을 한번 읽어보자.

당신은 베드로에게 물으셨지요
네가 나를 사랑하느냐고

당신은 다시 물으셨지요
네가 나를 사랑하느냐고

사랑한다는 두 번의 대답에도
당신이 또 물으셨을 때
어쩔 줄 몰라 하며 말했지요
사랑합니다
당신이 아시지 않으십니까

당신을 모른다고
세 번이나 부인했던 베드로를
순전한 사랑으로 그윽히 바라보시던
그 눈빛

나도 부끄러운 베드로 되어
자애로운 그 눈빛에 녹아
어제도 오늘도 내일도
당신을 사랑한다고 고백합니다

— 「베드로와 눈빛」 전문

이 아름다운 작품은 부활 후에 예수가 베드로를 만난 성경 「요한복음」의 한 장면을 끌어들인 결과이다. 예수가 베드로에게 "네가 나를 사랑하느냐" 하고 세 번을 묻는다. 사랑한다는 두 차례 대답에도 세 번째 물음이 들려오자 베드로는 "사랑합니다/당신이 아시지 않으십니까" 하고 어쩔 줄 모르며 대답을 한다. 자신을 세 번 부정한 제자에게 세 번의 긍정을 요청함으로써 "순전한 사랑으로 그윽히 바라보시던/그 눈빛"을 베드로는 잊지 못하고 선교의 길을 걸어갔을 것이다. 여기서 시인은 스스로도 "부끄러운 베드로 되어/자애로운 그 눈빛에 녹아" 살아가는 것을 고백하면서, 마치 세 번의 대답처럼 "어제도 오늘도 내일도" 그를 사랑한다고 눈빛을 반짝이며 노래하고 있다. 어떤 생의 갈피에서 "한쪽 눈이/잘 안 보인다는 걸"(「어느 시선」) 토로하기도 했지만, 김은집 시인은 가장 강렬한 눈빛으로 신성을 사랑하고 열망하는 자신을 고백한 것이다.

오! 긍휼하신 주여!
나로 하여금 당신의 사람이 되게 하옵소서

세상의 어떤 영화를 누린 자보다
들에 핀 한송이 백합을 더 귀히 여기신
당신의 순결하심과 고귀한 향기가

내 안에 잔잔히 흐르게 하옵소서

얼룩진 삶을 씻어 달라고
자신을 위해 눈물로 기도하였다면
이제는 살아있는 모든 이들을 위해
진정으로 기도하게 하옵소서

(…)

노을이 노을을 삼키며
마지막 숨을 거두는 그때
나, 한치도 망설임 없이
은혜의 바다, 넓은 당신의 품에
평안히, 평안히 안기게 하옵소서

—「시월의 기도」에서

이 강렬한 기도는 "긍휼하신 주"께서 시인으로 하여금
"당신의 사람"이 되게 하시며 "당신의 순결하심과 고귀한
향기"가 안에서 잔잔히 흐르게끔 해달라는 내용으로 채워
져 있다. 그동안 자신을 위해 눈물로 기도하였다면 이제
는 살아있는 모든 이들을 위해 기도하게 해달라고 시인은
간청한다. 저물어가는 노을처럼 마지막 숨을 거두는 때
"은혜의 바다, 넓은 당신의 품"에 안기게 해달라는 소망
이 바로 '시인 김은집'의 궁극적 관심(ultimate concern)
인 셈이다. 그렇게 그분의 "사랑은 불현듯 찾아오고"(「찢

어진 잎새 찾아」) 시인으로 하여금 "인생이란 기차를 타고 긴 여행을 하는"(「기차」) 순간순간에 "작은 숨소리마저/흠뻑 젖어 파르르 떨면서"(「그렇게 살았습니다」) 신성한 힘을 맞아들이게끔 하고 있는 것이다.

이렇게 김은집 시인은 궁극적인 근원을 추구함으로써 영혼을 충일하게 하는 은총과 섭리를 소망해간다. 이러한 사유 방식이 그의 시를 여느 신앙 시편과 구분해주는 원형으로 자리하게 될 것이다. 김은집 시인이 들려주는 이러한 신앙의 몫은 그만이 실현해가는 상상적 꿈으로 나아가면서 우리를 초월적 질서로 이끌어간다. 성경에 의하면 지상의 삶은 신(神)의 섭리와 은총으로 계획되고 실현된다. 그런데 신의 섭리와 인간의 운명은 인간의 사사로운 욕망 때문에 어긋나게 된다. 그 모든 것은 인간의 오만한 자의식이 빚은 결과일 것이다. 김은집 시인은 이러한 세상의 삶을 초월하여 가장 정결하게 구축된 신앙의 질서에 대한 염원을 놓지 않는다. 지상의 혼돈에 대한 안타까움과 그것의 회복에 대한 초월적 소망이 여기서 비롯되는 것이다.

결국 김은집의 첫 시집은 물리적인 사물이나 시간 자체를 대상으로 한 노래이기도 하지만, 삶의 궁극적 이법(理法)을 담은 반영체이자 스스로의 삶의 태도까지 불러들인 실존적 결과물이기도 하다. 특별히 시인은 이러한 함의를 시간의 흐름에 집중적으로 부여하면서 삶의 가능성과 한

계를 동시에 탐구하는 방법을 우리에게 보여준다. 그 결과 그의 시는 지상의 원리에 충실하면서도 한켠에서는 초월과 비상의 꿈을 잃지 않으려는 지향을 우리에게 들려준다. 유한자(有限者)로서의 조건을 벗어나 궁극적 실재(ultimate reality)를 찾아나서는 순간이야말로 이러한 새로운 삶의 원리를 체득하려는 서정시만의 직능일 것이다.

궁극적으로 김은집의 시는 이러한 서정시의 본래적 기능을 확고하게 견지하면서 우리에게 근원적 실재를 유추하게끔 하는 그리움의 화폭으로 다가온다. 시공간의 심층을 활달하게 가로지르면서 보여주는 이러한 편폭이야말로 우리로 하여금 시인의 품이 더 심원하고 보편적인 세계로 나아가 닿는 심미적 진경(進境)을 밝은 눈으로 바라보게끔 해주고 있다. 그 풍경은 심미적 기원과 마음의 수심(水深)을 찾아가고, 존재론적 기원을 탐구하고, '마음'이라는 내면 탐구의 세계를 그려가고, 그리움에서 발원하는 사랑의 힘을 관찰하고, 침묵과 여백을 취하는 순간성의 미학을 구축하고, 영혼을 충일하게 완성해가는 신성 지향의 언어를 발화하는 과정으로 짜여 있다. 이러한 그리움의 힘으로 번져가는 사랑과 초월의 미학을 완성한 시인의 첫 시집 상재를 축하드린다. 더불어 그의 세계가 더욱 심원한 음역(音域)을 얻어 나날이 깊어져가기를 마음 깊이 소망해본다.

김은집 ejkim130@hotmail.com

충남 서천에서 나고 자람. 성균관대 신문방송학과 졸업.
1980년 도미, Merrill Lynch에서 근무.
1991년부터 30여 년 동안 부동산회사, 자산운용 및 컨설팅회사 등 운영.
『문학의식』으로 등단. 재미시인협회 부회장 역임.
현 재미시인협회 부이사장.

곰곰나루시인선 007

우리는 별들 사이로 스쳐가네

초판 1쇄 발행 2022년 4월 30일

지은이 김은집　　**펴낸이** 임현경
책임편집 홍민석　　**편집디자인** 박세암

펴낸곳 곰곰나루
출판등록 제2019-000052호 (2019년 9월 24일)
주소 서울특별시 양천구 목동서로 221 굿모닝탑 201동 605호 (목동)
전화 02-2649-0609
팩스 02-798-1131
전자우편 merdian6304@naver.com

ISBN 979-11-977020-6-8

책값 9,600원